13.º Premio Relato Corto
Universidad de Oviedo

CUARESMA

Sara Campal Fernández

13

Universidad de Oviedo

Un jurado presidido por Delegación de la Vicerrectora de Extensión Universitaria y Proyección Cultural por Luz Mar González Arias, Directora del CSU de Avilés y los vocales Inés López Manrique, Directora de Área de Proyección Cultural, Natalia Menéndez Rodríguez, Escritora Juan Emilio Tazón Salces. Profesor Jubilado Universidad de Oviedo y Máximo Aláez Corral, Profesor Dpto. Filología Inglesa, Francesa y Alemana Universidad de Oviedo; concedió a este libro el premio del XIII Concurso Literario de la Universidad de Oviedo en su modalidad de relato corto.

Ediciones de la Universidad de Oviedo
Servicio de Publicaciones de la Universidad de Oviedo
ISNI: 0000 0004 8513 7929
Campus de Humanidades. Edificio de Servicios.
33011 Oviedo (Asturias)
Tel. 985 10 95 03 Fax 985 10 95 07
https://publicaciones.uniovi.es/
servipub@uniovi.es

Edita e Imprime: Servicio de Publicaciones. Universidad de Oviedo
DL AS 1157-2024
ISBN: 978-84-10135-22-2

CUARESMA

Sara Campal Fernández

Sábado 1 de abril

Hoy he vuelto a ver a Cándido delante de mi ventana. Estaba parado en la acera haciendo visera con las manos y con los ojos entrecerrados. Me pegué a la pared y bajé la persiana. Es la tercera vez que pasa esta semana.

Sentí que algo conocido me rozaba la pierna. En seguida toqué las orejitas de mi gata Almendra, que había venido corriendo al escuchar el sonido de la persiana y me daba cabezazos para que le diera mimos.

Durante algunos minutos estuve acariciándole la barriga mientras en mi cabeza repasaba los múltiplos de dos. Cuando se cansó, se levantó y empezó a lamerse. Subí la persiana, dejando una rendijita, y comprobé que no hubiera nadie. Poco a poco la subí completamente de nuevo.

Sé que no soy la única a la que le pasa. Mucha gente habla de los comportamientos invasivos de Cándido, pero nadie hace nada. Todos le ven las orejas lobo, y ninguno se mueve hasta que salta con la boca abierta.

Su madre dice que somos unas exageradas, y que probablemente nos lo inventamos. Que si no tuviésemos tanto tiempo libre nos dejaríamos de tonterías. Que tenemos muchas ansias de protagonismo, y mucha imaginación. Me parece ridículo, porque yo no quiero ser protagonista.

No quiero ser la protagonista de una noticia en la que se cuenta cómo una persona ha sido agredida por un vecino de la comunidad, o cómo una persona ha sido acosada por un residente de su mismo barrio.

Es verdad que desde muy pequeña he tenido una imaginación potentísima. Cuando no podía dormir creaba sin querer imágenes y monstruos terribles que hacían que me paralizase por completo y perdiera el habla. Era incapaz de moverme y esperaba durante toda la noche a que saliera el sol. Pero a medida que he ido creciendo me he dado cuenta de que no hace falta imaginar nada. A veces simplemente basta con mirar por la ventana. El resto del día estuve inquieta, pero intenté distraerme con actividades que no exigían mucha concentración y me eran livianas. Repetía los múltiplos de dos hasta perder el hilo y volvía a empezar.

Domingo 2 de abril

Hoy me levanté a la una del mediodía. Almendra me despertó varias veces por la noche porque quería que la acariciara, y cada vez que sentía sus cabezazos contra mi nuca tardaba media hora en volver a conciliar el sueño.

Cuando fui a la cocina mis padres ya habían vuelto de su paseo y habían traído la comida. Mi abuela les había dado un recipiente con garbanzos que seguramente no terminaríamos y se quedaría en el congelador unos cuantos meses. Sé que echan de menos comer carne. A veces se les nota en la cara cuando están sentados delante del cuarto plato de verdura hervida de la semana, o de puré de calabaza que acababan de recalentar. Cuando acabe la Cuaresma irán a un restaurante y pedirán un filete poco hecho como premio a su sacrificio.

Yo no como carne desde que descubrí cómo se despellejan a los conejos. Recuerdo estar jugando en la finca de mi abuelo y escuchar voces. Al girarme vi a mi abuela y a mi padre sujetando las patas delanteras y traseras del animalito respectivamente, y empezaron a tirar en sentido contrario hasta que se escuchó un sonido muy desagradable. Era un crujido horrible, como el de una rama seca al partirse. Esa noche cenamos carne guisada con verduras. Dimos gracias y empezamos a comer.

Muchas veces me sorprendo a mí misma dándole vueltas a ese recuerdo y buscando la forma de borrarlo de mi cabeza. A veces me gustaría poder comer de todo sin que me devore a mí también una culpa atosigante. Comer o ser comido.

Lunes 3 de abril

Hoy por la mañana he estado leyendo algunos de los libros que me regalaron cuando era pequeña. No me acuerdo de la mayoría, y me da un poco de pena haberme olvidado de los que podrían considerarse mis cimientos. Siento que es una traición a mi infancia, una muestra de desprecio a aquella niña que fui en algún momento. Gracias a esas historias tan simples había aprendido a hacer algo muy complejo que me acompañaría toda la vida, y yo les había dado la espalda y las había condenado al olvido.

A la hora de la cena mi madre estaba muy seria. Nos dijo que cuando estaba en el parque de perros hablando con sus amigas, alguien había empezado a usar pirotecnia y a hacer unos ruidos muy fuertes. Los perritos se habían asustado mucho, y algunos habían empezado a ladrar. Aún por encima del escándalo se escuchaban los estallidos. Cuando se acercaron al sitio del que creían que venía el sonido, Cándido salió enfurruñado, les gritó algo que mi madre no quiso repetir, y se fue corriendo. Algunas personas dicen haberle visto varios días seguidos en lo alto de la calle apuntando las matrículas de los coches que pasan, además de la hora y el modelo.

Cándido no es como los otros chicos de mi edad. Se cuela en la casa de la gente, les observa y les sigue por la calle. Él no intenta castigar a su madre a través de las mujeres a las que conoce (realmente ninguna se le acerca), ni trata de proyectar sus inseguridades en los demás. Probablemente, tampoco sea mala persona, ni sea plenamente consciente de las cosas que hace. Puede que sea la víctima de un desorden mental sin controlar y de una sociedad que no hace nada por integrar correctamente a las personas neurodivergentes. Tampoco creo que esté bien que pueda hacer estas cosas sin que nadie le guíe. Sé que las enfermedades mentales pueden explicar un comportamiento, pero no justificarlo.

Ya se ha metido varias veces en problemas, pero nunca ha sufrido las consecuencias a las que cualquier otra persona debería enfrentarse. El problema es que la gente está empezando a cansarse, y es probable que alguien se tome la justicia por su mano. Al final, al clavo que sobresale, se le da un martillazo.

Martes 4 de abril

Hoy he ido por primera vez a un velatorio. Pensaba que era algo mucho más serio y silencioso, y cuando entré en la sala encontré a mucha gente hablando entre sí con relativa normalidad, a veces incluso riendo. Es curioso ver a gente tan parecida y tan triste reunida en una habitación; y que de alguna forma los vínculos que les unen en ese momento sean el amor y la muerte.

Cuando entro, algunos me miran de reojo. Sé que no me reconocen, porque la última vez que me vieron fue hace casi diez años, y yo no me parezco en nada a ellos. Las mujeres de mi familia son de estatura baja, con la piel rojiza llena de pecas y el pelo caoba. Muchas tienen un lunar en la parte izquierda del labio inferior que acompaña los sonidos de esa lengua que yo nunca he sido capaz de interiorizar. Empiezan a saludarme cuando ven a mi madre a mi lado, y me bañan en cumplidos elogiando todo lo que me hace distinta a ellas.

Cuando veo a mi madrina la abrazo durante más tiempo de lo que lo suelo hacer. Noto que empieza a llorar, porque me abraza con más fuerza y siento que le cuesta respirar. Tiene que ser una sensación extraña saber que el cuerpo que está en la caja tras la vidriera es el de tu madre.

En ese sentido estoy bastante malcriada. Las únicas muertes que he vivido han sido las de mis dos abuelos, y mis padres no dejaron que fuese a ninguno de los velatorios ni funerales. Cuando sea yo la que esté en la situación de mi madrina no voy a saber qué hacer. Ignoro la mayoría de los protocolos necesarios en la vida adulta, y la mayoría de las veces tampoco los entiendo.

A medida que se van yendo, repiten la misma frase: "Espero que la próxima vez que nos veamos sea en una situación diferente". En el sistema actual, los velatorios y los funerales se están convirtiendo en un evento social, en una excusa para reunirse con la familia y decir lo mucho que querías a la persona en la caja. Solo nos acordamos de los demás cuando leemos su nombre en una esquela, o al recibir una llamada un miércoles a las 19:43 de la tarde con una mala noticia.

Jueves 6 de abril

Ayer no me apetecía escribir. Almendra no apareció por casa en todo el día, y hoy aún no ha vuelto. Me da mucho miedo que pueda pasarle algo. Mi madre dice que es normal que los gatos salgan y tarden un tiempo en volver, pero Almendra es una gata casera y no le gusta tocar el césped. Cada vez que sale al jardín, sacude las patas después de cada pisada, como si se diera asco, y en seguida da la vuelta y sube corriendo a la terraza maullando.

Me come la culpa porque yo fui la última persona en verla. Le abría la ventana del baño por la tarde para que saliera a dormir en la mesa de la terraza, y no la hemos vuelto a ver.

Me duele mucho la tripa. Es como si me hubiera tragado una aguja y estuviese sintiendo todo su paso por cada centímetro de mi intestino. A veces me parece escucharla maullar y voy corriendo a abrir la puerta, pero no está. La vez en la que más tiempo estuvo sin volver fue hace un año, porque había encontrado un huequito en la escalera y se quedó dormida durante horas. La habíamos buscado mucho tiempo, y cuando nos vio se puso muy contenta. No entendía por qué la acariciábamos tanto, pero no parecía molestarle.

Cuando me voy de viaje o no está, me doy cuenta de que dependo mucho emocionalmente de ella. Cuidarla me hace sentir útil y me ayuda a canalizar el amor que le tengo. Me hace mucha compañía y me ayuda a controlar el ánimo. De alguna forma, creo que ella también me cuida a mí. Cuando estoy enferma se tumba en mi almohada y se queda conmigo hasta que me encuentro mejor.

Cada vez que escucho pasar un coche por la carretera me da un vuelco el corazón, y me asomo muy despacio a la ventana. Miro a la izquierda y a la derecha esperando no ver una mancha oscura en medio del asfalto.

Viernes 7 de abril

Me levanté temprano porque no podía dormir. Si me quedaba despierta, a lo mejor escucharía maullar a Almendra. Podría ir a abrirle la puerta y abrazarla muy fuerte, hasta que se me escurriese entre los brazos y me siguiese hasta la habitación para dormir conmigo. Pero solo se escuchaba el crujir de la madera y la puerta mal ajustada del baño batiéndose por el viento.

En la cocina puse a calentar agua para hacer una infusión. Coloqué mis pastillas en fila sobre el mantel, en grupos de dos, y las fui tomando por pares. Dejé el sobre de té en el agua y me puse a mirar por la ventana. Tenía que esperar cinco minutos, pero yo lo dejaría uno más. Me gusta que la suma de dos números impares tenga como resultado una cifra par. Cuando volví, el té se había avinagrado.

A lo largo del día me fui preocupando cada vez más. Todo lo que escuchaba lo asociaba con la gatita, y me quedaba muy quieta, esperando oírlo de nuevo. Estaba muy alerta, pendiente de cada sombra y borrón que veía por el rabillo del ojo. A ratos se me aceleraba el corazón y veía que las cosas pasaban a cámara lenta. Cuando miraba alrededor todo parecía perder el color, y tenía que sentarme y respirar profundamente para que todo volviera a la normalidad.

Coger aire me parecía imposible: era como si alguien hubiese puesto un globo en mi caja torácica que no me dejaba espacio para respirar.

Almendra es mi lugar seguro, mi ancla a la realidad. Me gusta el tacto de su pelaje, y tiene el peso justo para que cogerla en brazos se sienta como un abrazo. Me partía el alma no verla tumbada en su cojín o durmiendo en su rincón del sofá. No sé cuántas veces abrí la puerta esta tarde creyendo haber escuchado arañazos, ni cuántas veces empecé la secuencia de los múltiplos de dos. Me arrepentía terriblemente de todos esos momentos en los que no me había parado a jugar con ella porque creía estar demasiado ocupada haciendo otra cosa sin importancia. Habría dado lo que fuera por verla aparecer por la ventana.

Sábado 8 de abril

Me despertó el ruido de unos neumáticos derrapando. Pensaba que escucharía a mi madre levantarse y mirar por la ventana, o a mi padre resoplar y farfullar, pero nadie pareció darse cuenta. Intenté volver a dormir, pero el ansia me comía por dentro. Me puse la sudadera de mi padre y salí.

A medida que me alejaba de la urbanización, el cielo se iba abriendo, y sentía cómo la bola de angustia crecía en mi pecho. A veces me temblaban las piernas y tenía que parar para coger aire. Y entonces lo vi.

Pobre Cándido. Estaba tirado en el suelo con la espalda torcida en un ángulo difícil. Sus gafas habían ido a parar a unos metros más allá, y movía los ojos de un lado a otro. Respiraba con dificultad y movía la boca tratando de hablar, pero se le había dislocado la mandíbula.

Me acerqué y le miré a los ojos. Quizás esperaba ver la mirada de un cervatillo inocente al que acaban de disparar, pero lo que encontré fueron los mismos ojos que escrutaban mi habitación desde la acera.

Boqueaba y se retorcía sobre el asfalto. La campana de la iglesia empezó a sonar. Traté de contar los golpes. Fuese cual fuese el resultado, lo multiplicaría por dos para obtener un número par. Cándido levantó la mano bruscamente y trató de agarrarse a mi pantalón, pero le di una patada. Había interrumpido mis cuentas y me estaba poniendo más nerviosa. Con el golpe se le movió un poco el abrigo, y algo asomó por un bolsillo interno. No quise volver a mirar, porque lo que había visto se parecía mucho a la colita de Almendra. Sentí el corazón en la garganta. Le puse un pie en la garganta e hice fuerza hasta que se escuchó un sonido muy desagradable. Era un crujido horrible, como el de una rama seca al partirse. Cuando su pecho dejó de subir y bajar, di un paso atrás y me agaché a su lado.

La mañana era tibia y perfumada. Empezaban a verse los violetas en el cielo, y el trino de los pájaros era claro y limpio. Di gracias y empecé a comer.

ÍNDICE

Sara Campal Fernández (Madrid, 2002) es estudiante de Lenguas Modernas y sus Literaturas en la Universidad de Oviedo. Entre sus autoras favoritas se encuentran Pamela Colman Smith, Sylvia Plath, Mary Oliver, Camilo José Cela y Edgar Allan Poe.